# FOLIO CADET

Maquette : Chita Lévy

ISBN : 978-2-07-057570-1
© Éditions Gallimard Jeunesse, 2006, pour le texte et les illustrations
N° d'édition : 177383
Loi n° 49-956 du 16 juillet 1949 sur les publications destinées à la jeunesse
Premier dépôt légal : mai 2006
Dépôt légal : juin 2010
Imprimé en Italie par Gruppo Editoriale Zanardi

# Moka

illustré par Alice Charbin

GALLIMARD JEUNESSE

*Merci à Claire, Lucky et Alphonse*

## Il était une fois…

Il était une fois une petite fille qui s'appelait Claire. Elle était jolie et charmante. Non. Très jolie et très charmante. Les fées du jardin étaient ses copines et, et…

Claire leva le crayon et regarda son dessin d'un air critique.

– Elles sont ratées, mes ailes, soupira-t-elle.

Claire adorait dessiner des fées. Elle aimait aussi se raconter des histoires de fées. C'était encore mieux si quelqu'un d'autre les inventait et les lui glissait dans le creux de l'oreille, le soir avant de se coucher.

— Lucky ! Rends-moi ma gomme ! J'en ai besoin !

Les chats ne sont pas connus pour être obéissants. Lucky ne faisait pas exception, même si c'était le plus gentil chat du monde. Claire lui abandonna la gomme et sortit dans le jardin. Quand on a un problème, on va voir maman.

— T'es occupée ?

— Pas du tout, répondit maman. Je bronze en sirotant un soda.

Claire se mit à rire.

— Mais non ! Tu étends le  linge !

— Ah, c'est donc ça ! sourit maman.

Le vent chaud de l'après-midi sou-
levait les vêtements épinglés sur le fil.
Claire pensa que des bonshommes
invisibles étaient suspendus et dansaient dans le soleil.

— Tu viens m'aider pour mon dessin ?

— Maintenant, je n'ai pas le temps.

— Après ?

— Après, je dois mettre les draps dans la machine, éplucher les légumes, repasser le linge sec, faire les courses, rentrer du bois et…

— Pourquoi tu fais tout le temps des choses pas intéressantes ? l'interrompit Claire.

— Je me le demande aussi, dit maman.

— Tu devrais t'arrêter et t'amuser avec moi.

— Hum… oui. Je pourrais en effet. Et alors, on dormirait dans des draps sales, on porterait des habits tout froissés, on ne ferait pas de feu dans la cheminée et on ne mangerait pas non plus.

Claire ouvrit les bras et les laissa retomber.

— Bon, d'accord ! J'ai compris ! Je te dérange !

— Ça, jamais ! affirma maman. Mais il y a un temps pour tout. Et là, je crois que c'est le moment d'aller embêter ton père.

Claire savait où était son papa. Pour une raison mystérieuse, il était toujours dans le grenier à ranger des livres. Le grenier était un endroit spacieux et un peu trop chaud.

Il était une fois une fée qui vivait sous le toit de la maison. Elle s'ennuyait beaucoup là-haut. Il y avait des livres partout mais personne ne lui avait appris à lire. Elle aurait bien voulu jouer avec les souris. Mais les souris passaient leur vie à manger du papier et elles n'étaient pas drôles.

— T'es occupé ? dit Claire en sautant par-dessus la dernière marche de l'escalier.

— À la lettre G, répondit papa sans lever le nez.

Claire contempla les étagères et hocha la tête.

— Ça ne va pas du tout. Tes livres, c'est n'importe quoi.

— Comment ça ? protesta papa.

— T'as mélangé les grands avec les petits !

— C'est un classement alphabétique, expliqua papa.

— Ben, c'est moche quand même.

— Ce n'est pas fait pour être beau, c'est fait pour être pratique ! Puisque tu es là, tu veux me donner un coup de main ?

— Non merci. J'ai besoin de toi pour mon dessin.

— Tu sais bien que je suis nul ! Mais pourquoi ce bouquin est à la lettre B ?

— Peut-être qu'une fée déplace tes livres pour te faire enrager !

— Ce doit être ça… grommela papa.

Il était une fois une fée qui n'aimait

pas les A, les O et les W. Elle pensait que les B étaient beaucoup plus jolis.

— Tu devrais inviter Lucky dans ton grenier, remarqua Claire.

— Pourquoi ?

— Pour rien.

Comme il n'y avait personne pour l'aider, Claire décida de rendre visite à son lapin. Au moins, lui, il était toujours disponible.

— Tu sais, Alphonse, les parents sont barbants.

Alphonse aurait bien répondu quelque chose mais il ne parlait pas le langage des humains. Alors, il se contenta de remuer le nez. Peut-être que cela voulait seulement dire : m'as-tu apporté une feuille de chou ? Mais peut-être pas.

Claire était très contente d'avoir un lapin et un chat. Malgré tout, parfois, elle aurait bien aimé avoir un grand frère ou une grande sœur. Et pourquoi pas les deux ? Claire réfléchit aux

prénoms qu'ils auraient pu avoir s'ils avaient existé. Elle choisit Clément et Louise. Clément lui lirait des contes et serait le plus fort au ping-pong. Louise lui ferait de beaux dessins. Tous les trois, ils auraient un petit coin secret dans le jardin. Là, ils mettraient des messages et des morceaux de gâteau d'anniversaire pour les fées.

Il y avait des jours où c'était dur d'être fille unique. Heureusement, la tête de Claire était pleine de choses. Ça se bousculait là-dedans. Quelquefois, c'était n'importe quoi. De temps en temps, il n'y avait plus assez de place pour tout le monde. Alors, un lutin ou un cheval sortait et allait vivre sa vie ailleurs. Les fées ne partaient pas. Elles s'étaient installées dans les rêves de Claire. Et elles l'accompagnaient partout.

## Comment Alphonse
## a cassé sa petite patte

Tous les matins, Claire apportait une feuille de chou à Alphonse. Mais ce matin-là, le lapin était immobile au fond de son clapier. Claire l'appela, agita la feuille de chou mais Alphonse resta couché et ne tourna même pas la tête.

Claire partit en courant jusqu'à la cuisine où ses parents prenaient leur café.

— Papa, maman ! Alphonse est tout bizarre !

— Bizarre, comment ? demanda maman.

— Il ne bouge pas, bégaya Claire, sentant venir les larmes.

Quand il fallait, papa oubliait ses bouquins et la lettre G. Il ne dit rien, se leva et sortit dans le jardin. Maman serra la main de Claire dans la sienne pour se rassurer. Maman aimait beaucoup Alphonse.

Il était une fois une fée qui soignait les lapins…

Mais Claire ne parvenait pas à inventer la suite. Elle était trop inquiète.

Papa ouvrit la cage et prit Alphonse par la peau du cou.

— Et alors, mon vieux, ça ne va pas ? Tu as trop mangé ? Oh, oh… Je crois qu'il a une patte cassée.

— Papa ! hurla Claire. Fais quelque chose !

— Moi, je ne peux rien y faire. Mais le vétérinaire, si.

Claire pleura pour l'accompagner mais papa ne voulut pas. Lucky prêta son panier pour transporter Alphonse (mais, bon, on ne lui avait pas vraiment demandé son avis).

— Je crois que j'ai besoin d'un câlin avec Aglaé, dit maman.

Pour un chagrin aussi important, il fallait une consolation de taille. Aglaé, l'oie en peluche de Claire, remplissait très bien ce rôle. Elle était grosse, toute douce et toute molle. Claire alla chercher Aglaé pour réconforter maman.

Papa revint au bout de deux heures. Alphonse avait une patte dans le plâtre.

– Regardez ! s'exclama papa. Il a retrouvé le sourire !

Il fallait beaucoup d'imagination pour voir un sourire sur la tête d'un lapin. Mais Alphonse avait l'œil vif et clopinait sur trois pattes comme s'il avait fait ça toute sa vie.

Curieusement, Claire ne dit rien. Elle ne caressa même pas son lapin. Elle partit dans la chambre de ses parents. C'était toujours là qu'elle se réfugiait quand elle n'avait pas le moral. Maman, étonnée, la rejoignit.

– On dirait que tu n'es pas contente d'avoir récupéré Alphonse ?

– Si. Ce n'est pas ça.

Maman s'allongea sur le lit, face à elle.

– Allez, explique-moi tout.

Claire passa la main sur ses yeux humides.

– J'ai cru qu'il allait mourir ! s'écria-t-elle. J'ai eu trop peur !

– Oh, je comprends. Moi aussi, j'ai eu peur. Mais Alphonse va bien. Il gardera son plâtre quelque temps évidemment. Ce n'est pas si grave.

– Comment il s'est blessé, cet imbécile ? grogna Claire. Il était à l'abri dans sa cage !

– Apparemment, il s'est coincé la patte dans l'ouverture de la porte. Et j'ai deviné pourquoi… Tu sais qu'il y a un petit trou dans le toit du clapier ? C'est par là qu'elles passent…

– Qu'elles passent ? Qui ?

– Les fées, bien sûr !

Claire s'assit plus confortablement. L'histoire promettait d'être intéressante.

Maman racontait toujours d'un ton grave mais elle prenait de petites voix aiguës pour faire les personnages.

– Depuis la nuit des temps, et peut-être même avant, les fées sont les

amies des animaux. De tous les animaux, bien que j'aie entendu dire que les moustiques n'étaient pas leurs préférés... Dans notre jardin, les fées portent des noms de fleurs. Voici donc ce qui arriva à Tabouret.

— Hein ? fit Claire.

— Oui, Tabouret ! Le Tabouret des champs est une plante qui n'a pas l'air de grand-chose et qui, en plus, a une odeur d'ail. Tabouret n'avait pas eu de chance. Elle aurait tellement aimé s'appeler Rose, Pervenche ou Reine-des-Prés ! Les autres fées se moquent beaucoup de son nom et font des plaisanteries d'un goût douteux comme : « Oh, les filles, j'ai vu un tabouret volant ! » Eh oui, ce sont des fées, pas des anges !

Or, hier soir, Véronique et Myosotis étaient particulièrement méchantes avec Tabouret. « Tiens, Tabouret, viens là, j'ai besoin de m'asseoir ! » disait Véronique. Et Myosotis de continuer : « Pouah ! Ça pue l'ail par ici ! »

La pauvre Tabouret en eut assez et elle préféra partir. Par le petit trou dans le toit, elle entra dans le clapier. Elle s'assit dans un coin sombre pour pleurer. Notre lapin se réveilla, tout surpris de la trouver là.

— Que t'arrive-t-il ?

Tabouret lui relata ses malheurs.

— Comme s'il suffisait d'un joli nom pour faire une jolie fée ! s'exclama Alphonse. Elles sont jalouses de tes ailes si fines et de tes cheveux si soyeux !

— Mais elles disent que je sens mauvais ! geignit Tabouret.

— Quelle bêtise ! Ta peau a le parfum sucré du miel sauvage !

Tabouret sourit un peu. Elle agita ses longs cheveux en faisant des mines. Car, oui, les fées sont coquettes et parfois même, un peu vaniteuses... Pour montrer à quel point ses ailes étaient majestueuses, Tabouret vola autour d'Alphonse.

Elle lui tira les oreilles pour rire.

– Regarde ! Regarde, Alphonse ! Comme je vole, je virevolte avec grâce et aisance ! Regarde comme je rebondis avec légèreté sur ce vilain grillage ! Regarde-moi ! Aïe ! Au secours ! Au secours, Alphonse ! Mon pied est coincé dans le fil ! Aïe ! Aïe !

Et plus elle se débattait, plus Tabouret enfonçait son petit pied sous le loquet de bois.

– Arrête de gigoter, recommanda Alphonse. Tu ne fais qu'empirer les choses !

Alphonse étudia la situation avant d'agir. C'est un lapin plein de sagesse.

– Écoute, Tabouret. Je crois que je peux glisser ma patte et te libérer. Sois prête à te dégager car je ne pourrai pas tenir longtemps.

– Dépêche-toi ! supplia Tabouret. Le sang me monte à la tête et mes ailes sont lasses !

Alphonse se redressa de toute sa hauteur et passa la patte sous le grillage, l'écartant suffisamment pour délivrer la fée. Tabouret s'envola aussitôt vers le trou du toit en criant : « Merci, merci ! » Et hop ! Elle avait disparu ! Elle n'avait pas vu que le grillage s'était refermé sur la patte d'Alphonse. Notre malheureux lapin était épuisé de se tenir debout. Personne ne pouvait l'aider, ni nous, ni Lucky et encore moins les fées du jardin ! Il n'avait plus qu'une solution :

se laisser tomber de tout son poids dans l'espoir de se libérer. Ce qu'il fit avec le résultat que nous connaissons.

– Sa papatte cassée ! s'écria Claire. Mais pourquoi Tabouret s'est-elle enfuie ?

– Ah, ce sont les fées, Clairette ! Elles n'ont pas de cervelle. Et il faut bien l'avouer, elles ne pensent qu'à elles.

« Je n'aurais pas cru ça des fées », songea Claire. Après tout, il y a des qualités exaspérantes et des défauts adorables. Les fées étaient des êtres charmants qui ne voyaient pas plus loin que le bout de leurs ailes. Mais qui voudrait d'amis toujours parfaits ? Ça serait très fatigant.

En tout cas, Alphonse était un héros. Il avait bien mérité une feuille de chou et un gros câlin. Ce soir-là, maman mit de la paille dans un cageot et installa Alphonse dans la chambre de Claire.

Et dans la nuit noire, personne n'entendit une petite fille chuchoter des mots d'amour à l'oreille d'un lapin. Personne… sauf les fées, bien sûr.

## Pourquoi Lucky
## a traversé la route

Si Lucky avait su parler, il aurait volontiers expliqué qu'il ne fallait pas confondre prudent avec peureux. Lui, il était un chat prudent. Il restait toujours tranquillement à jouer dans le jardin. Ah, ça non, il n'allait pas sur les routes comme ces chats à moitié sauvages qui vagabondent dans la campagne ! D'ailleurs, pourquoi

faire ? Pour le sport, il y avait les souris dans le grenier. Lucky ne les attra-
pait jamais mais il aimait bien leur col-
ler une grosse frayeur. Après l'effort,
Lucky somnolait sur le lit de Claire.
Quoi de plus agréable qu'une bonne
couette moelleuse et une copine pour
vous gratter sous le menton ?

Mais si Lucky ne s'éloignait pas
de la maison, c'était surtout parce
qu'il était très attaché à la patronne.
Ou plus exactement, à la boîte de
croquettes. Il suffisait que Lucky se
frotte contre les jambes de maman en
ronronnant. Elle lui répondait qu'il
était trop gros. Et puis, elle versait
quelques croquettes dans son assiette
en disant : « Juste un petit peu, alors. »
Ça ne ratait pas. Maman ne pouvait
pas lui résister.

À l'heure où le soleil enrobe d'or les cimes des arbres, Lucky ne manquait jamais de faire le tour du propriétaire. Ah, rien de tel que le parfum de la terre des fins d'après-midi ! Ce qu'on était bien chez soi ! Lucky n'oubliait pas de saluer Alphonse au passage. Ni de faire un petit pipi le long de la haie pour prévenir les matous du coin que la place était déjà prise. Et pour finir, Lucky se dérouillait les muscles en escaladant le vieux mur de pierres. Sans trop se fatiguer, juste assez pour s'ouvrir l'appétit.

Il était une fois… Lucky regarda la patronne qui lisait un livre à voix haute, assise sur la pelouse. Encore un de ces contes qui commençaient toujours pareil. Allongée à plat ventre dans l'herbe, Claire écoutait en agitant

les pieds. Lucky s'attarda un bref
instant  au cas où il s'agirait du Chat
botté.

Le soleil tapait-il trop fort, ce jour-
là ? Ou bien le fauve qui sommeillait
en Lucky se réveilla-il soudain ?
Était-ce une crise de folie ? Ou un
simple moment d'égarement ?

Maman poussa un tel hurlement
qu'une pie qui volait par là fit un
brusque détour. Incapable de parler,
maman pointa le doigt vers la barrière.
Lucky venait de se glisser en dessous
et, déjà, se trouvait au milieu de la
route. Où il s'arrêta. Une voiture rugis-
sante, vrombissante, arrivait à toute
allure. Lucky semblait cloué sur place.

Claire appela son chat désespéré-
ment. Enfin, Lucky réagit. Il bondit
de l'autre côté de la route. La voiture

passa en trombe. Le conducteur n'avait même pas ralenti ! Maman avait eu si peur qu'elle se mit à lui crier après.

— Non mais, tu as vu ce dingue ? Il l'a fait exprès ! Il voulait écraser mon Lucky ! Y a des gens qui mériteraient d'aller en prison !

Claire se précipita vers la barrière et chercha le chat des yeux.

— Là ! Maman, il est là-bas ! Oh… Il est tout… pas bien !

En effet, Lucky était aplati dans l'herbe jaune du talus, le poil hérissé. Maman ordonna à Claire de ne pas bouger. Elle traversa, en s'assurant d'abord qu'il n'y avait pas un autre fou du volant dans les parages.

Lucky tremblait tant qu'il ne pouvait pas se relever.

— Mon Lucky ! Oh, mon Lucky ! dit maman en le soulevant doucement.

Elle le serra dans ses bras en lui murmurant des paroles rassurantes.

De retour dans le jardin, maman s'assit sur la margelle du vieux puits. Lucky, d'ordinaire, ne restait pas longtemps dans les bras des gens. Mais il se sentait en sécurité avec la patronne. Il ne voulait pas partir.

– T'as pas l'air fier, maintenant, remarqua Claire. Qu'est-ce qui t'a pris, tout d'un coup ?

Lucky miaula faiblement.

– Qu'est-ce qu'il dit ?

– Il dit que c'est ta faute, répondit maman.

Claire mit les poings sur ses hanches et protesta.

– Quoi ? C'est la meilleure de l'année ! J'étais sagement dans le jardin, moi !

– Bien sûr mais c'est à cause de toi qu'il a traversé la route. De toi… et de Belladone.

– Qui ?

– Belladone ! La Belle Dame… Un joli nom pour une fleur mortelle !

– Je sais ! s'écria Claire, les yeux brillants. C'est une fée !

— Oui. Et, hélas, elle porte bien son nom ! Belladone, c'est une peste, un vrai poison !

Lucky approuva en mettant en marche sa machine à ronron.

— Comme tous les chats qui se respectent, notre Lucky fait sa toilette plusieurs fois par jour. Il était donc là, près du mur, très occupé à se lécher. Belladone, une fée fort mal élevée, lui passa sous le nez. Lucky n'y prêta pas trop attention. Mais Belladone recommença. Une fois, deux fois, trois fois… toujours un peu plus près. Et au quatrième tour, voilà que la fée lui chatouille les moustaches !

— Eh ! Tu m'ennuies ! râla Lucky.

— C'est moi qui m'ennuie ! répondit Belladone. Tu viens jouer ?

— Où sont tes copines ?

– Oh, elles… grogna Belladone. Elles se méfient de la lumière du jour. Elles craignent d'être vues par les humains. Tu connais l'histoire : les fées doivent rester cachées. Quelle bêtise !

En entendant ces mots, Lucky se mit à réfléchir. Il savait que sa petite maîtresse rêvait de voir les fées. Il eut une idée. Une idée gentille, évidemment, puisqu'il est le plus gentil de tous les chats !

– Si tu cherches quelqu'un avec qui t'amuser, c'est facile. Claire ne demande que ça ! Elle serait tellement heureuse de te rencontrer !

Belladone fit semblant d'y penser sérieusement.

– Hum… peut-être… Mais d'abord, il faut que tu joues avec moi ! Allez,

quoi ! Si tu parviens à m'attraper,
c'est promis-juré, j'irai voir Claire !

Puis Belladone donna une tape sur
le nez de Lucky en criant : « C'est toi
le chat ! » Elle fila entre ses pattes et
lui tira la queue. Lucky courut, bondit, sauta jusqu'à en perdre le souffle.

Belladone l'attirait peu à peu vers la route. Lucky voulait tellement réussir qu'il n'y prit pas garde. Lorsque la fée vola par-dessus la barrière, il la suivit.

— Mais qu'est-ce que je fais ? s'exclama-t-il en s'arrêta brusquement. Je ne dois pas sortir du jardin !

— Eh ben quoi, trouillard ! se moqua Belladone. Oh, c'est le petit chat-chat à sa maman !

Belladone ne rit pas longtemps. Elle venait d'apercevoir la voiture qui arrivait à toute vitesse.

— Ne reste pas là ! cria-t-elle en s'enfuyant.

Lucky était paralysé par la peur. Alors, Belladone, la peste, le poison, la vilaine, fit une chose qui ne lui ressemblait pas. Elle revint vers Lucky et le saisit par la moustache. La douleur rendit la raison au chat. Il s'échappa juste à temps.

— Tu l'as vue ? demanda Claire. Tu as vu Belladone sauver Lucky ?

— Pas exactement, répondit maman. Il m'a semblé apercevoir quelque chose briller dans le soleil.

— Pour de vrai ? insista Claire.

— C'était sans doute les ailes transparentes d'une libellule. Quoique, en y repensant… Je ne sais pas.

Si maman avait des doutes, les fées existaient sûrement. Seulement, elles étaient discrètes. Peut-être craignaient-elles que les humains ne leur fassent du mal ? Les grandes personnes sont tellement bêtes, pensa Claire. Si jamais ils découvraient les fées, ils les mettraient dans des cages ou des aquariums pour faire joli !

— Oui, affirma Claire en caressant Lucky. C'était Belladone. Finalement, elle n'est pas méchante, n'est-ce pas ? Juste un peu coquine !

Lucky quitta les genoux de maman pour s'étirer. Il bâilla puis tourna la tête vers la patronne et miaula.

— Qu'est-ce qu'il dit ?

Maman sourit en regardant son cher vieux Lucky.

— Là, il dit : « C'est pour bientôt, les croquettes ? »

## Lorsque les fées dansent

Il était une fois une fée du nom de Belladone. Elle faisait des tas de bêtises comme de tirer la queue de Lucky ou...

Claire se tortilla dans son lit. Il y avait quelque chose de bizarre. Il lui manquait un poids sur les pieds.

Belladone laissait les oies, exprès, sous la pluie.

Claire se redressa brusquement.

Elle avait oublié Aglaé dans le jardin !
Quand Aglaé passait la nuit à l'exté-
rieur, sa belle peluche blanche et
douce devenait toute grise et rêche.
Alors il fallait la mettre dans la
machine à laver. Et Aglaé n'aimait
pas ça du tout.

Claire n'avait pas peur de l'obscurité. Enfin, tant qu'elle restait dans sa
chambre. Devait-elle réveiller papa ?
Claire devina sa réaction : « Sortir
pour une oie en peluche ? Et puis quoi
encore ? »

– Zut, grogna Claire. Je ne peux pas
me rendormir sans Aglaé.

Elle repoussa la couette et enfila ses
mules. La maison était bien silen-
cieuse. Même Lucky, ce gros pares-
seux, somnolait au coin du feu mou-
rant. Claire se glissa dans le couloir.

Elle s'arrêta devant la porte vitrée qui donnait sur le jardin. Sa respiration fit bientôt un halo de buée sur le carreau. Mais pas question d'ouvrir avant d'être sûre qu'il n'y avait rien ni personne dehors.

Claire tourna doucement la clé dans la serrure. Elle frissonna, pourtant l'air était tiède. Elle marcha jusqu'au vieux puits et leva les yeux vers le ciel. Les étoiles scintillaient. La lune presque pleine illuminait le dessus des arbres sombres. Si papa avait été là, il lui aurait montré la planète Mars.

Bon. Où donc se cachait Aglaé ? Peut-êtrc du côté du clapier ? Non. Près du fil à linge ? Pas plus. Sous la table de ping-pong ? Claire n'avait pas très envie d'aller vers la grange. Il faisait trop noir par-derrière.

Le vent léger apporta le murmure des feuillages et le hululement lointain d'une chouette. Comme une petite musique… Claire s'étonna de ne pas avoir plus peur que ça. Elle était impressionnée, oui. En même temps, elle aimait se trouver là, toute seule. La nuit l'accueillait dans son mystère.

Claire suivit la chanson du vent. Elle sautilla, virevolta sur elle-même.

Il était une fois une petite fille invitée au bal des Fleurs. Bonjour, madame Rose. Salutations, madame Bleuet ! Oh, vous êtes venue aussi, madame Iris ! Et mademoiselle Primevère ! Tiens, ça sent l'ail, Tabouret ne doit pas être loin !

De tourbillons en révérences, Claire s'approchait de l'épaisse haie, à l'autre bout du jardin. Elle trébucha

à cause de ses mules trop grandes. Elle
commença à rire, à quatre pattes dans
l'herbe humide. Mais soudain, elle
hoqueta. Les rayons lunaires se faufi-
laient par une trouée dans les buissons.
Et là-dessous, il y avait du monde !

Les yeux écarquillés et la bouche bée, Claire s'immobilisa. Des fées dansaient ! Elles dansaient au rythme du vent. La lune les habillait de grâce et d'argent. Les fées irradiaient d'une lumière irréelle. C'était si beau que Claire n'osait pas cligner des paupières de peur de les voir disparaître. Les larmes lui troublaient la vue.

Hélas, la lune poursuivait sa route dans le ciel. Bientôt, l'obscurité se fit sous les buissons. Claire recula lentement. Il valait mieux qu'elle parte. Les fées ne devaient-elles pas rester toujours cachées ? Peut-être seraient-elles fâchées si elles